PHILIPPE GELUCK

LE CHAT

Couleurs : Serge Dehaes et Françoise Procureur

casterman

Pour Dany, ma femme

www.geluck.com
www.casterman.com/lechat

ISBN 978-2-203-01361-2

Imprimé en France par Pollina s.a. , Luçon. Dépôt légal : novembre 2007 ; D. 2007/0053/123.
n° L45105

PIF
PAF
POUF
C'EST UN BON DÉBUT

UN TYPE QUI SE TROMPE EN DISANT QUELQUE CHOSE DE FAUX
DIT PEUT-ÊTRE QUELQUE CHOSE DE VRAI

LES JEUNES C'EST TOUS DES BONS À RIEN
ET ÇA DEVIENT PIRE AVEC L'ÂGE

JE SUIS À LA RECHERCHE DE L'HOMME INVISIBLE
POUVEZ-VOUS M'AIDER À LE RETROUVER ? VOICI SA PHOTO...

CE N'EST PAS PARCE QUE MARCEL A MAL AU TENDON D'ACHILLE
QU'ACHILLE A MAL AU TENDON DE MARCEL

Si LES AUTOS ÉTAiENT PLUS LONGUES À L'AVANT, ELLES ARRiVERAiENT PLUS ViTE À DESTiNATiON
SUR UN SEUL TRAJET, C'EST iNSiGNiFiANT... MAiS QUAND ON ROULE BEAUCOUP, ÇA CHiFFRE

CHERS AMiS...
CETTE FLÈCHE VOUS iNDiQUE
LE SENS DE L'HUMOUR

ATTENTION! VOUS ALLEZ RIRE
JE VOUS AVAIS PRÉVENUS
MON DIEU, DONNEZ-NOUS AUJOURD'HUI NOTRE GAG QUOTIDIEN
MERCI MON DIEU
AUJOURD'HUI RIONS DE TOUT
SAUF DE MOI
ET DE MAMAN
ATTENTION!
JE VAIS ÉCLATER DE RIRE
ÉTONNANT, N'EST-CE PAS?

ROGER ? C'EST MOI
OUI ROGER
C'EST ÇA... ROGER
D'ACCORD ROGER
NON... ROGER
ALLEZ SALUT ROGER
C'ÉTAIT PAUL
MAIS TOUT LE MONDE L'APPELLE ROGER

NE CROYEZ PAS QUE JE PLEURE
JE TRANSPIRE DES YEUX
C'EST TOUT

UN DE CES DEUX TYPES EST LE FRÈRE JUMEAU DE L'AUTRE..
LEQUEL ?

MA BAGNOLE NE ROULE PEUT-ÊTRE PAS TRÈS VITE
MAIS ELLE FREINE VACHEMENT BIEN

DES MILLIONS DE GENS VIVENT DANS LA MISÈRE
DES GUERRES DÉCHIRENT LE MONDE
ET MA BAGNOLE PERD DE L'HUILE

JE N'AIME PAS BEAUCOUP QU'ON PARTAGE MON OPINION
J'AI L'IMPRESSION DE N'AVOIR PLUS QU'UNE DEMI-OPINION

UN PÈRE SPIRITUEL N'EST PAS FORCÉMENT
UN PAPA RIGOLO

JE CONNAIS UN TYPE DONT LE FRÈRE CONNAÎT UN COLLÈGUE
DE LA SOEUR D'UN GARS QUI EST DÉJÀ ALLÉ EN INDE
C'EST FOU NON?

SI C'EST PILE, J'ARRÊTE DE FUMER
SI C'EST FACE, AUSSI
COMME ÇA, AU MOINS, JE SUIS CERTAIN D'ARRÊTER

PEUT-ON RIRE DU MALHEUR DES AUTRES?
ÇA DÉPEND...
Si LE MALHEUR DES AUTRES EST RiGOLO
OUi

JE SUIS CONTENT DE MA BAGNOLE
PEUT-ON APPELER ÇA DE L'AUTO-SATiSFACTION ?

VOiCi UN JAGUAR ESSAYANT DE SE REPRODUIRE AVEC UNE JAGUAR
COMME QUOi, L'HOMME N'A PAS LE MONOPOLE DE LA CONNERIE

MULTIPLIONS 1986
PAR MON ÂGE
1986 x 35
DIVISONS LE RÉSULTAT OBTENU PAR LA TEMPÉRATURE AMBIANTE
AJOUTONS-Y L'HEURE EXACTE ...
ET LA RACINE CARRÉE DE MA CONSOMMATION D'EAU, DE GAZ ET D'ÉLECTRICITÉ
DIVISONS LE CHIFFRE OBTENU
PAR MA TAILLE À LA NAISSANCE
NOUS OBTENONS LE POIDS ACTUEL DE MON FRÈRE JUMEAU
À TROIS KILOS PRÈS
C'EST RENVERSANT

AU FOND... FAIRE DU DESSIN D'HUMOUR C'EST FACILE
IL SUFFIT DE CRÉER UN PERSONNAGE RIGOLO
ET DE LE LAISSER S'EXPRIMER

JE CONNAIS DES SOURDS
QUI S'ENTENDENT TRÈS BIEN

AU JAPON... MÊME DANS LA BASSE-COUR DE MONSIEUR FUJI
LES POULES FONT KOT... KOT... KODAK

LE RIRE EST LE PROPRE DE L'HOMME
LE SAVON AUSSI

IL EST PLUS ÉCONOMIQUE DE MOURIR DE FAIM
QUE DE MOURIR DE TROP MANGER

POUR ÊTRE LE MEILLEUR
IL SUFFIT PARFOIS QUE LES AUTRES SOIENT MOINS BONS

RAШ IO PИR ЦO MИTAPA PECTOPAH !
VOUS NE POUVEZ PAS COMPRENDRE
C'EST DE L'HUMOUR BULGARE

SI DIEU A CRÉÉ L'HOMME À SON IMAGE
VOICI À QUOI RESSEMBLE DIEU

CE SONT LES ESPAGNOLS QUI ONT DÉCOUVERT L'AMÉRIQUE
MAIS QUI A DÉCOUVERT L'ESPAGNE
AU FAIT!
HEIN?
MYSTÈRE!

AVEC LE TEMPS QUI PASSE ...
CEUX QUI ÉTAIENT CONS LE RESTENT...
ET CEUX QUI NE L'ÉTAIENT PAS LE DEVIENNENT

JE NE FAIS QUE DES PHOTOS SANS INTÉRÊT
L'AVANTAGE, C'EST QUE QUAND ELLES SONT RATÉES.. JE M'EN FOUS

AU FOND... LA VIE EST UNE SORTE DE MACHINE À VOYAGER DANS LE TEMPS.
TIENS, C'EST PROFOND, ÇA!

MON JAZZMAN PRÉFÉRÉ, C'EST ARTIE SHAW
MON CHAUFFAGISTE S'APPELLE GÉRARD MANFROY
ET MON PLOMBIER... ALEX CRÉMANT

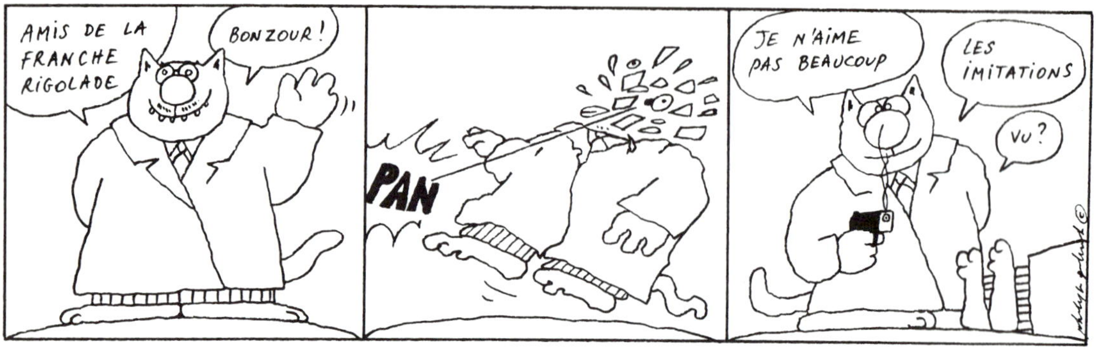
AMIS DE LA FRANCHE RIGOLADE
BONZOUR !
PAN
JE N'AIME PAS BEAUCOUP
LES IMITATIONS
VU ?

À MA DROITE... UN FAUCON AVEC UN NIKON
À MA GAUCHE, UN VRAI CON AVEC UN CANON

J'AI DÉCIDÉ DE NE PLUS TROP ME MONTRER
PARCE QUE .... SI VOUS ME VOYEZ TROP SOUVENT
VOUS RISQUEZ DE VOUS LASSER
SI JE NE TROUVE PAS UN GAG DANS 10 SECONDES..
JE ME TUE
DISONS... DANS 20 SECONDES
JE VAIS ESSAYER DE VOUS EN RACONTER UNE
PAR TRANSMISSION DE PENSÉE
ELLE EST DRÔLE, HEIN !
LE GARS LE PLUS DRÔLE DU MONDE ...
C'EST MOI
SI C'EST PAS VRAI
QUE JE SOIS CHANGÉ EN ENCLUME!
JE SUIS EN TOUT CAS..
L'ENCLUME LA PLUS DRÔLE DU MONDE

CE CHIEN... J'AI VOULU LE NOYER À LA NAISSANCE
MAIS IL S'EST HABITUÉ À L'EAU
ALORS JE LE GARDE
GRRR

IL M'ARRIVE DE ME PARLER À MOI-MÊME
POUR ÊTRE CERTAIN QUE QUELQU'UN M'ÉCOUTE

VOUS EN CONNAISSEZ BEAUCOUP, VOUS ?
DES BOUQUINS QUI VOUS DONNENT L'HEURE ?
IL EST 17H32

TOUT CE QUE JE VOUS DIS... VOUS FAIT MARRER
HEUREUSEMENT
PARCE QUE CE QUE JE NE VOUS DIS PAS
VOUS FERAIT PLEURER
© philippe geluck

C'EST UNE ŒUVRE DE JEUNESSE
ÇA S'INTITULE "LES 8 SCAROLES"

LE PASSÉ C'EST DE L'ANCIEN PRÉSENT
L'AVENIR DU PRÉSENT C'EST LE FUTUR
ET DANS LE FUTUR, LE PRÉSENT ÇA SERA DU PASSÉ
C'EST FOU, NON ?

L'INVENTEUR DE LA CÉDILLE EST UN CERTAIN "GROÇON"
...IL N'AIMAIT PAS SON NOM

SALUT, GEORGES
ÇA VA ?
J'IMAGINE UN GARS QUI S'APPELLE GEORGES ET QUI LIT ÇA
IL DOIT ÊTRE HEUREUX DE SE CROIRE UN INSTANT MON COPAIN
EN FAIT JE SUIS CON DE FAIRE ÇA AVEC LES MECS, JE POURRAIS DRAGUER LES FILLES COMME ÇA
SALUT SIMONE
ÇA BOUME?

SI JE SOULÈVE CES HALTÈRES, JE ME MUSCLE LES BICEPS
MAIS SI JE PENSE QUE JE LES SOULÈVE, JE ME MUSCLE LE CERVEAU

VOICI ENFIN L'ORDINATEUR À VISAGE HUMAIN

J'ADORE DANSER
LE CHA-CHA-CHA
ÇA C'EST SENSAS
MAIS JE NE DANSE QU'AVEC DES CHAISES
UNE CHAISE NE REFUSE JAMAIS UNE INVITATION
VOUS DANSEZ?
?
ET PUIS ... L'AVANTAGE D'UNE CHAISE SUR UNE PARTENAIRE NORMALE
C'EST QUE QUAND JE SUIS FATIGUÉ ...
JE PEUX M'ASSEOIR DESSUS

DANS LE COURRIER DE CETTE SEMAINE, DEUX LECTEURS
ME POSENT CHACUN UNE QUESTION
JE PROFITE DE L'OCCASION
POUR Y RÉPONDRE
POUR L'UN... LA RÉPONSE EST : OUI
POUR L'AUTRE : NON

HIER SOIR, J'ÉTAIS TELLEMENT BOURRÉ, QU'À UN CONTRÔLE ROUTIER,
J'AI SOUFFLÉ DANS LE GENDARME AU LIEU DE SOUFFLER DANS LE BALLON.
IL EST DEVENU TOUT ROUGE.

SI JE DEVAIS ME SUICIDER UN JOUR...
JE ME PENDRAIS À UN NOYER
CE SERAIT MON DERNIER JEU DE MOTS
© Geluck

JE VAIS AU CAR-WASH

LE 1ER JANVIER 1945 À HIROSHIMA ...
LES GENS S'ÉTAIENT SOUHAITÉ UNE BONNE ET HEUREUSE ANNÉE

DEPUIS QU'ON CALCULE LES TEMPS OLYMPIQUES EN MILLIÈMES DE SECONDES
UN TYPE QUI A UN GRAND NEZ A PLUS DE CHANCES QUE LES AUTRES

LES ÉTRUSQUES ONT INVENTÉ UN SYSTÈME GÉNIAL POUR SAVOIR LE TEMPS QU'IL A FAIT: LE MATIN, ILS PLAÇAIENT UN VASE DEVANT CHEZ EUX
SI LE SOIR... LE VASE ÉTAIT VIDE, C'EST QU'IL AVAIT FAIT BEAU
S'IL Y AVAIT DE L'EAU DEDANS, C'EST QU'IL AVAIT PLU
ET SI LE VASE N'ÉTAIT PLUS LÀ, C'EST QU'ON LE LEUR AVAIT PIQUÉ

CHEZ MOI... QUAND LE CHAT EST PARTI,
LES SOURIS NE DANSENT PAS
PARCE QUE LE CHAT, QUAND IL PART,
IL FERME L'ARMOIRE DU PICK-UP À CLÉ

!?
DAMNED!
THERE IS A SALOPERIE ON MY MIROIR
LES CHOSES MOCHES ...
IL VAUT MIEUX ...
LES REGARDER PAR DEUX
PARCE QU'IL Y EN A TOUJOURS UNE ...
QUI EST MOINS MOCHE QUE L'AUTRE
LES GENS QUI M'AIMENT ...
JE LES AIME
LES GENS QUI NE M'AIMENT PAS...
JE LES AIME AUSSI !
UN PEU MOINS, CEPENDANT ...
QUE CEUX QUI M'AIMENT
JE VAIS VOUS RACONTER UNE BLAGUE AVANT-GARDISTE
OUGHNA... BRRR ! GLZZ
ARF ARF
IL N'Y A PLUS QU'À ATTENDRE 15 OU 20 ANS
POUR LA COMPRENDRE

AVEC MON SOURIRE MYSTÉRIEUX...
ON M'A SOUVENT COMPARÉ À MONA LISA
JE SUIS EN QUELQUE SORTE...
LE JOCOND

UN JOUEUR D'ÉCHECS C'EST COMME DE LA PEINTURE
S'IL N'EST PAS BRILLANT, IL EST MAT

POUR S'ENTRAÎNER À FRANCHIR DES CÔTES
IL SUFFIT DE ROULER SUR DU PLAT EN TENANT LES FREINS BIEN SERRÉS

ET PENDANT CE TEMPS DANS LE BUREAU DU PROFESSEUR ....
TOUT EST DE VOTRE FAUTE, LAURA
UNITED ARTRISTES SYND.
MAIS... PROFESSEUR !
OH, DAN ! DITES QUELQUE CHOSE
BUVEZ CECI, LAURA
TOC TOC
QUI ÊTES-VOUS ?
EXCUSEZ-MOI. J'AI DÛ ME TROMPER DE BANDE...
À SUIVRE

APRÈS DOUZE VERRES DE SAKÉ, J'ATTRAPE UNE TÊTE DE DRAPEAU JAPONAIS
DEMAIN, J'ESSAYE LE WHISKY
... POUR VOIR

ON NE POURRA JAMAIS COMPTER TOUTES LES ÉTOILES QUI NOUS ENTOURENT
DE TOUTE FAÇON, CE SERAIT INUTILE...
IL SUFFIT D'EN COMPTER LA MOITIÉ
ET DE MULTIPLIER PAR DEUX

JE VAIS VOUS RACONTER L'HISTOIRE ...
LA PLUS COURTE DU MONDE
"JO EST LÀ!"
JE VOUS AI DIT QU'ELLE ÉTAIT COURTE
PAS QU'ELLE ÉTAIT DRÔLE

APRÈS 60 MINUTES D'ÉQUITATION, L'HOMME DIT QU'IL A FAIT UNE HEURE DE CHEVAL
LE CHEVAL, LUI, DOIT SE DIRE QU'IL A FAIT UNE HEURE D'HOMME

IL NE FAUT PAS CONFONDRE "LES PETITS RATS DE L'OPÉRA"
ET "LES PETITS ROTS DE L'APÉRO"

LE LANCEMENT DU POIDS
C'EST LA PÉTANQUE DES COSTAUDS

J'APPRÉCIE BEAUCOUP VOS DESSINS DANS LE JOURNAL
JE NE POUVAIS TOUT DE MÊME PAS LE MANGER
C'EST MÊME PAS VRAI ! JE VOUS TROUVE NUL !

HORIZONTAL
VERTICAL

AVEC CE GÉNIAL PIÈGE À SOURIS
J'ATTIRE NON SEULEMENT CELLES QUI AIMENT LE FROMAGE
MAIS AUSSI CELLES QUI AIMENT LA PEINTURE

LES RÈGLES DE LA DÉMOCRATIE
VEULENT QUE CE SOIT LA MAJORITÉ QUI AIT RAISON
ET SI LA MAJORITÉ AVAIT TORT ? ME DIREZ-VOUS
ÇA NE CHANGE RIEN
LA MAJORITÉ AURAIT RAISON D'AVOIR TORT

JE ME DEMANDE PARFOIS SI C'EST MON MIROIR OU MOI QUI A L'AIR BÊTE

CE SONT DES BRETELLES D'AUTOROUTE

JE N'AI PEUT-ÊTRE RIEN À DIRE
MAIS JE LE DIS
C'EST PAS COMME D'AUTRES...

LE MOT "LONG" EST PLUS COURT QUE LE MOT "COURT"
C'EST DINGUE NON ?

AH! AH! AH!
C'EST VRAIMENT DRÔLE CE QUI SE PASSE LÀ-BAS
MAIS C'EST INDESCRIPTIBLE

J'ESSAYE DE NOYER MON CHAGRIN DANS L'ALCOOL
MAIS DEPUIS LE TEMPS... IL A APPRIS À NAGER, MON CHAGRIN

DU POINT DE VUE D'UN BELGE... IL Y A SUR TERRE PRÈS DE 6 MILLIARDS D'ÉTRANGERS
TANDIS QUE POUR UN CHINOIS, IL N'Y EN A QUE QUATRE MILLIARDS ET DEMI

SE RENDRE COMPTE QU'ON EST UN IMBÉCILE
EST UN SIGNE D'INTELLIGENCE

ALLONS DANS LA FORÊT
ET ABATTONS UN SAPIN
LES CONIFÈRES C'EST DU BOULOT
COUPONS-EN UNE FINE TRANCHE
POUR VOIR ...
ET PEIGNONS-LA EN NOIR
ENTRE NOUS... QUAND ON VOIT ÇA PEINT... C'EST MIEUX
ÉCOUTONS MAINTENANT ...
MON BEAU SAPIN... ROI DES FORÊTS
ÉTONNANT, N'EST-CE PAS ?

DES CHOSES QUI N'ONT RIEN EN COMMUN...
ONT POURTANT CECI DE COMMUN :
QU'ELLES N'ONT RIEN EN COMMUN

UN TYPE QUI FRISE LA SOIXANTAINE ...
N'EST PAS FORCÉMENT UN COIFFEUR QUI MET DES BIGOUDIS À DEUX FOIS TRENTE CLIENTES

?

SI ON PREND LE MOT "JOURNAL"
ET QU'ON REMPLACE LE J PAR UN C, LE O PAR UN H ...
LE U PAR UN A, LE R PAR UN T
ET QU'ON SUPPRIME LE N, LE A ET LE L
ON OBTIENT LE MOT "CHAT"
ÇA NE S'INVENTE PAS

PLUS J'AURAI L'AIR CON
ET PLUS CE QUE JE DIRAI AURA L'AIR MALIN

JE T'AIME
MOI AUSSI
JE M'AIME

WOUAH ! WOUAH !
UN PEU NAÏF
NON ?

AU FOND ...
TOUS LES BOUQUINS SE RESSEMBLENT
IL N'Y A QUE LE CONTENU QUI CHANGE

SI VOUS VOULEZ PERDRE 10 KG
EN UN JOUR
SANS EXERCICE
ET SANS RÉGIME
FAITES-VOUS COUPER UNE JAMBE

CE QU'IL Y A DE RÉCONFORTANT DANS LE CANCER
C'EST QUE MÊME UN IMBÉCILE PEUT ATTRAPER UNE TUMEUR MALIGNE

ON DIT QUE LES ALPINISTES SONT DES GENS QUI MONTENT SUR LES MONTAGNES
CE N'EST QU'À MOITIÉ VRAI
LES ALPINISTES SONT DES GENS QUI DESCENDENT DES MONTAGNES
AU MOINS AUTANT DE FOIS QU'ILS Y MONTENT

HOMÈRE ...
D'ALORS

C'EST UNE OEUVRE DE JEUNESSE
ÇA S'APPELLE : "FEMME À POÊLE"

SI TOUT VA SI MAL, C'EST PARCE QUE LES GENS SE PARLENT.
SI LES GENS NE SE PARLAIENT PAS...
ILS NE SE RENDRAIENT PAS COMPTE DE LEURS DÉSACCORDS.
LA PREUVE QUE CE QUE JE DIS EST VRAI...
C'EST QUE JE PARIE QU'IL Y A DES GENS QUI NE SONT PAS D'ACCORD AVEC CE QUE J'AI DIT
ALORS QUE SI JE N'AVAIS RIEN DIT...
'Y A PERSONNE QUI NE SERAIT PAS D'ACCORD

IL Y A UN PROVERBE CHINOIS QUI DIT :
"LE JOUR OÙ LE PAYS DES AVEUGLES SERA UNE RÉPUBLIQUE ...
LES BORGNES L'AURONT DANS L'OS"

LE SECRÉTAIRE GÉNÉRAL DU COMITÉ CENTRAL DU PARTI COMMUNISTE DE L'UNION DES RÉPUBLIQUES SOCIALISTES SOVIÉTIQUES EST MORT
UN AUTRE SECRÉTAIRE GÉNÉRAL DU COMITÉ CENTRAL DU PARTI COMMUNISTE DE L'UNION DES RÉPUBLIQUES SOCIALISTES SOVIÉTIQUES EST APPELÉ À RÉGNER
ARAIGNÉE? QUEL DRÔLE DE NOM POUR UN SECRÉTAIRE GÉNÉRAL DU COMITÉ CENTRAL DU PARTI COMMUNISTE DE L'UNION DES RÉPUBLIQUES SOCIALISTES SOVIÉTIQUES!

LES ÉTRANGERS QUI HABITENT TOUT PRÈS DE LA FRONTIÈRE
SONT UN PEU MOINS ÉTRANGERS QUE LES AUTRES

MON COIFFEUR M'A DIT : "SI VOUS VOULEZ AVOIR L'AIR D'UN ROCKER...
PORTEZ UNE BANANE SUR LA TÊTE"
J'AVOUE QUE JE NE COMPRENDS PAS

LA DIFFÉRENCE ENTRE LA CHASSE ET LA GUERRE
C'EST QU'À LA CHASSE
ON NE FAIT PAS DE PRISONNIERS

J'AI DÉBUTÉ DANS LE JOURNALISME À LA RUBRIQUE DES CHIENS ÉCRASÉS
C'EST MOI QUI ÉCRASAIS LES CHIENS

ON A FAIT BEAUCOUP DE PROGRÈS DANS LE DOMAINE DU WALKMAN
NOS GRANDS-PÈRES NE DEVAIENT PAS RIGOLER TOUS LES JOURS

SI LA MÉCHANCETÉ N'EXISTAIT PAS
IL N'Y AURAIT AUCUN MÉRITE À ÊTRE GENTIL

LA COURSE À PIED
IL FAUT Y ALLER PROGRESSIVEMENT
POUR LE COEUR
ALORS AUJOURD'HUI...
JE NE COURS PAS PENDANT 1 HEURE
DEMAIN PENDANT 1/2 HEURE
APRÈS-DEMAIN PENDANT 1/4 D'HEURE
APRÈS, JE VERRAI

VOUS VOYEZ, À GAUCHE, UNE PHOTO DE MOI QUI N'EST PAS DE MOI
ET À DROITE, UNE PHOTO QUI N'EST PAS DE MOI MAIS QUI EST DE MOI

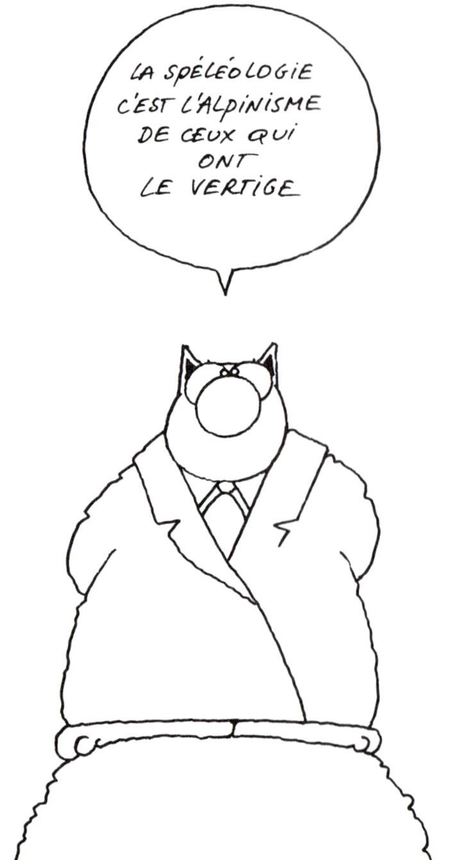
LA SPÉLÉOLOGIE C'EST L'ALPINISME DE CEUX QUI ONT LE VERTIGE

CHAQUE ANNÉE 2.500.000 PERSONNES MEURENT NOYÉES DANS LE RHIN ... ALORS, DE DEUX CHOSES L'UNE !
OU BIEN IL FAUT FAIRE PLACER DES BARRIÈRES LE LONG DU FLEUVE
OU ALORS... JE VÉRIFIE MON INFORMATION

JE DIS PARFOIS
DES CHOSES TELLEMENT INTELLIGENTES
QUE JE NE LES COMPRENDS PAS MOI-MÊME

SAVEZ-VOUS QUEL EST LE POINT COMMUN ENTRE UN ROBOT ET UNE SAUCE NAPOLITAINE
J'OSE À PEINE LE DIRE... TELLEMENT C'EST NUL
...ILS SONT TOUS LES DEUX AUTOMATES

QUI MARCHE SUR DES OEUFS
...
MARCHE SUR DES BOEUFS

JE VIENS D'INVENTER LE STYLO QUI N'ÉCRIT PAS
POUR LES AUTEURS QUI N'ONT PAS D'IDÉES

À FORCE DE VOULOIR RENDRE ACCESSIBLES AUX PAUVRES TOUS LES PLAISIRS DES RICHES
QUEL INTÉRÊT Y AURA-T-IL ENCORE À ÊTRE RICHE ?

QUI VOLE UN ŒUF SUR LE PLAT...
...
VOLE UN BOEUF BOURGUIGNON
QUAND LE SCORE EST DE 1 - 9
LE SCORE EST DE UN BOEUF
QUI VOLE UN ŒUF
NE FAIT PAS D'OMELETTE
SANS CASSER DE BOEUFS
QUI VOLE UN CORPS PLUS OU MOINS GROS, DUR ET ARRONDI QUE PRODUISENT LES FEMELLES DES OISEAUX ET QUI CONTIENT LE GERME DE L'EMBRYON...
ET LES SUBSTANCES DESTINÉES À LE NOURRIR PENDANT L'INCUBATION ...
VOLE UN MAMMIFÈRE RUMINANT DE LA FAMILLE DES BOVIDÉS, QUI N'EXISTE PLUS QU'À L'ÉTAT DOMESTIQUE

JE ME SUIS ACHETÉ DEUX JEUX D'ÉCHECS ÉLECTRONIQUES
JE LES AI RACCORDÉS L'UN À L'AUTRE...
ET J'AI LA PAIX

ON PEUT TRÈS BIEN ÊTRE RÂLEUR
ET ÊTRE À L'HEURE
AVOIR SALE CARACTÈRE N'EMPÊCHE PAS D'ÊTRE PONCTUEL

JE DÉPENSE TELLEMENT DE FRIC POUR RACONTER MES VACANCES À MES AMIS
QUE ÇA ME COÛTERAIT MOINS CHER DE LEUR PAYER LE VOYAGE

AU FOND ... C'EST DINGUE
QUAND ON Y PENSE
ÉCRIRE DES SYMPHONIES ÇA REND SOURD
REGARDEZ BEETHOVEN
ÉCRIRE DES CANTATES ÇA REND AVEUGLE
REGARDEZ BACH
ET PEINDRE SA CHAISE ÇA REND FOU
JE NE CITERAI QUE VAN GOGH
LIRE DE LA BANDE DESSINÉE, PAR CONTRE, ÇA REND BEAU
REGARDEZ...
VOUS

LA DIFFÉRENCE ENTRE UN ARTISTE
ET UNE PAIRE DE CHAUSSURES
C'EST QUE L'ARTISTE DOIT POUVOIR PARTIR AVANT DE LASSER
TANDIS QUE LES CHAUSSURES, IL VAUT MIEUX LES LACER AVANT DE PARTIR

ÊTRE LOIN D'AILLEURS
C'EST ÊTRE ICI

AU FOND...
JE DOIS ÊTRE LE SEUL TYPE AU MONDE...
À ME RESSEMBLER AUTANT

IL Y A UN PROVERBE CHINOIS QUI DIT :
"CELUI QUI MANGE SES TARTINES AUX WATERS...
NE DOIT PAS S'ÉTONNER D'AVOIR DU PAIN SUR LA PLANCHE."

ET LE CONTACT HUMAIN DANS TOUT ÇA ?
ENLÈVE TON COUDE DE MON CLAVIER

S'IL N'Y AVAIT PAS DE CYCLISTES...
IL N'Y AURAIT PAS D'ACCIDENTS DE VÉLO.
S'IL N'Y AVAIT PAS DE LAPINS ...
IL N'Y AURAIT PAS DE CHASSEURS
ET S'IL N'Y AVAIT PAS DE NOIRS ...
IL N'Y AURAIT PAS DE RACISTES

JE PEINS CE TABLEAU POUR UN AMI SOURD
QUI ADORE LA MUSIQUE

L'HUMOUR DONNE DES AILES
Hop!
ÇA DEVAIT ÊTRE L'AMOUR

QUAND LE VIN EST TIRÉ IL FAUT LE BOIRE
QUAND LE VIN EST BU IL FAUT SE TIRER

ON PRÉTEND QU'IL VAUT MIEUX NE RIEN DIRE
QUE DIRE DES CONNERIES
BON
JE ME TAIS ALORS ?

SI LE TYPE QUI ME DESSINE MEURT UN JOUR... JE ME SUICIDE